LOS CINCO

HISTORIAS CORTAS

JORGE QUIERE CORTARSE EL PELO

Los Cinco

Tim   Ana   Dick   Julián   Jorge

Título original: GEORGE'S HAIR IS TOO LONG

Texto © Enid Blyton, 1955

Ilustraciones © Jamie Littler, 2014

La firma de Enid Blyton es una marca registrada de Hodder & Stoughton Ltd

Texto publicado por primera vez en Gran Bretaña en la revista anual de Enid Blyton - No. 2, en 1955

Edición original publicada en Gran Bretaña por Hodder Children's Books, en 2014

© de la traducción española:

EDITORIAL JUVENTUD, S. A., 2014

Provença, 101 - 08029 Barcelona

www.editorialjuventud.es

info@editorialjuventud.es

Traducción de PABLO MANZANO

Segunda edición, noviembre de 2014

ISBN 978-84-261-4093-7

DL B 10903-2014

Núm de edición de E. J.: 12.901

Printed in Spain

Enid Blyton

JORGE QUIERE CORTARSE EL PELO

Ilustrado por **Jamie Littler**

Traducción: **Pablo Manzano**

editorial juventud
Barcelona

Historias Cortas de Los Cinco

Encontrarás en la última página
de este libro la lista completa de
Las Aventuras de Los Cinco

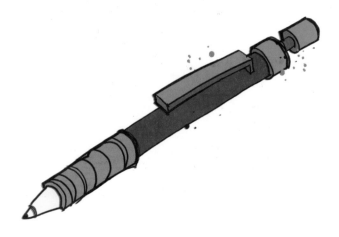

Índice

CAPÍTULO UNO

–Vamos a la **cala de Windy** –dijo
Julián un bonito día de agosto–. **En la Bahía de
Kirrin hace mucho calor**. En la cala estará
más fresco. Allí siempre sopla la brisa.

–Es cierto –coincidió Dick–. ¿Tú qué dices, Jorge?

–Bueno, yo quería **cortarme el pelo** –respondió Jorge–. Porque **si no me lo corto pronto lo tendré tan largo como Ana**.

–Ojalá te lo cortaras de una vez –dijo Dick–. Siempre te estás quejando. ¿Qué más da si lo llevas corto o largo?

–Te olvidas de que eso es muy importante para Jorge –dijo Julián con una sonrisa–. Si le crece dos centímetros más **podrían confundirla con una chica**. ¡Jorge, **háztelo cortar esta tarde!** De camino a la cala de Windy pasaremos por **la peluquería**. Nosotros te esperaremos en la lechería tomando **un helado**.

Salieron a las dos en punto. El camino al pueblo era polvoriento y hacía calor. *Tim* no paró de correr y llegó con la lengua fuera.

–¡Pobre *Tim*! –dijo Dick dándole una palmada–. Tú también necesitas un helado.

CAPÍTULO DOS

En el pueblo Jorge fue a **la peluquería**,

mientras los otros se dirigían a la **lechería**,

donde vendían unos helados riquísimos.

Oyeron que Jorge los llamaba y se volvieron.

–¡La peluquería está cerrada! –gritó Jorge–. **Hoy cierran antes,** lo había olvidado. **¡Ahora no podré cortarme el pelo!**

–**Bueno, no importa. Ven a tomar un helado** –dijo Julián.

Pero Jorge era muy obstinada.

–¡No! ¡Necesito un corte de pelo! Me lo cortaré yo misma. ¿Alguien tiene unas tijeras?

–**¡Por supuesto que no!** –respondió Dick–. ¿Quién va a llevar unas tijeras? ¡No seas cabezota, por Dios! **Ven con nosotros y deja de preocuparte por tu pelo**.

–¡Iré a la **ferretería** y pediré **prestadas** unas **tijeras!** –gritó Jorge–. **También está cerrada**, pero el señor Pails me atenderá por **la puerta de atrás.** Vosotros id con *Tim* a tomar un helado. Yo no quiero. **Ya os alcanzaré cuando haya terminado.**

16

–Vaya si es cabezota –dijo Dick mientras se iba con los otros–. Cuando se le mete algo en la cabeza, por más que sea una tontería, no hay nada que la detenga.

Mientras sus amigos se dirigían a la **lechería**, Jorge llamó a **la puerta de atrás** de la ferretería.

El señor Pails abrió.

–Vaya, Jorge, ¿qué se te ofrece? **La tienda está cerrada**, como puedes ver, y estaba a punto de **tomar el autobús** para visitar a mi hijo, **como *siempre* hago cuando cierro temprano**.

–No le entretendré mucho –explicó Jorge–. ¿Podría **prestarme unas tijeras afiladas**, señor Pails? Solo las necesito **un minuto o dos**. El autobús saldrá **en diez minutos**. **Tiene tiempo de sobra**.

–Está bien, está bien, tú siempre te sales con la tuya –dijo el anciano–. Pasa, te enseñaré dónde están las tijeras. **¡Pero no tardes, que tengo que tomar el autobús!**

CAPÍTULO TRES

Jorge siguió al anciano hasta la tienda, y luego hasta **el cajón de las tijeras**. Mientras él abría el cajón, **una furgoneta** se detuvo **delante de la tienda**.

Bajaron **dos hombres.** Jorge levantó la vista como si nada y... se **asustó**. **Uno de los hombres** estaba **espiando** a través **del buzón de la tienda**. ¡Qué cosa más **rara!** Jorge vio claramente **los ojos del hombre que escrutaban el interior oscuro de la tienda**. Le dio un tirón del brazo al señor Pails y le susurró.

–¿Ve a ese hombre que está espiando a través del buzón? ¿Qué es lo que quiere? No puede habernos visto en este rincón donde estamos.

En ese momento los hombres
forzaron la puerta y entraron
rápidamente **en la tienda**. No vieron
al señor Pails ni a Jorge, y se dirigieron

a la **pequeña caja fuerte** que
estaba detrás del mostrador. El ferretero,
indignado, gritó:

**–¡Eh, vosotros, os he
visto forzar la puerta!
Llamaré a la…**

Pero uno de los hombres se abalanzó sobre él y **le tapó la boca con la mano.** El otro fue a por Jorge y **la encerró en un armario pequeño**, sin hacer caso de sus gritos.

Al señor Pails también lo
metieron en el armario, y
luego lo **cerraron con llave**.

Jorge **gritó** todo lo que pudo, lo mismo que el señor Pails. Pero la tienda estaba apartada de las otras, y no había nadie en la calle en esa tarde tan calurosa.

Luego Jorge oyó a los hombres jadeando, **mientras se llevaban la pesada caja fuerte**. A continuación la puerta de la tienda se cerró, y se oyó la furgoneta que arrancaba **y se marchaba**.

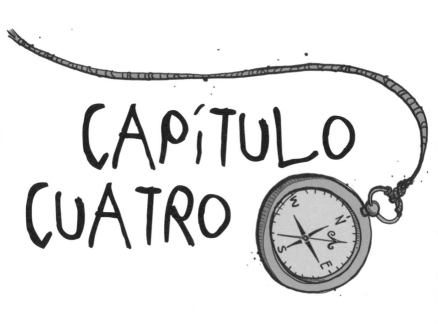

CAPÍTULO CUATRO

«Si **Tim** estuviera aquí –pensaba Jorge con rabia mientras intentaba abrir la puerta a empujones–. ¿Por qué dejé que se fuera con los otros a tomar un helado?»

El señor Pails estaba **a punto de desmayarse**, debido **al golpe y al susto.** Jorge dejó de luchar con la puerta, deseando que no hubiera tantas ollas y rastrillos en el armario, para que así el ferretero y ella tuvieran suficiente espacio.

Se preguntó qué estarían haciendo los otros. ¿Regresarían a buscarla? En ese caso, ¿le quedarían fuerzas para volver a gritar?

Pero los otros ya se habían acabado los helados y se dirigían a la cala de Windy. Jorge les había dicho que no quería helado, que ya los alcanzaría. Estupendo, entonces ellos se pondrían en marcha y más tarde volverían a encontrarse.

En el camino a la **cala de Windy**, *Tim* se rezagaba un poco, atento a si venía **su querida Jorge**. *«¿Por qué no viene?»* De repente decidió **volver a buscarla**. Estaba ansioso, aunque no sabía bien por qué. Movió la cola y echó a correr de regreso al pueblo.

–¡Allá va el bueno de *Tim*! –dijo Ana riéndose–. ¡No puede estar más de media hora sin **Jorge**! **¡Adiós, *Tim*! ¡Dile a Jorge que se dé prisa!**

Siguieron andando, sin *Tim*, en fila india por un estrecho camino.

De repente una furgoneta pasó a toda velocidad. **Dick apartó a Ana del camino justo a tiempo**. El vehículo **dio un viraje brusco** y, entre **bocinazos**, tomó la siguiente curva.

–¿Qué se ha **creído ese tipo?** –dijo Dick enojado–. **¡Por estos caminos no se puede ir tan rápido!** **¿Por qué tanta prisa?**

La furgoneta desapareció en la curva, y casi inmediatamente se oyó un **estallido y un chirrido de frenos**.

Luego se hizo el silencio.

CAPÍTULO CINCO

–¡**Caramba!** ¡Eso ha sonado a **explosión de neumáticos!**

–dijo Julián–. Espero que no hayan tenido **un accidente**.

En la curva encontraron la furgoneta atravesada en el camino, casi en la cuneta. La rueda trasera izquierda estaba **deshinchada y rajada**. ¡Vaya si había sido **una explosión de neumático**! **Dos hombres** miraban la rueda **con furia**.

–¡Eh, tú! –dijo uno de ellos a Dick–. Corre **al taller más cercano** y diles que vengan **a ayudarnos**.

–¡No lo haré! –respondió Dick–. **Casi atropelláis a mi hermana**. Que vaya uno de vosotros. No tenéis ningún derecho a conducir así por un camino rural.

Pero ninguno de los hombres hizo el gesto de ir a buscar ayuda. **Miraban el neumático con el ceño fruncido, y se interrogaban entre ellos**. Los tres amigos se quedaron allí, observando con curiosidad a los hombres enfadados.

–¡Largaos de aquí! –dijo uno de ellos–. **A menos que queráis echarnos una mano**. ¿Alguno de vosotros sabe cambiar un neumático?

–Claro –dijo Julián sentándose en un montículo de hierba–. ¿Vosotros no? Es raro que no sepáis hacerlo. **Yo diría que si conduces una furgoneta, es una de las primeras cosas que debes aprender.**

47

–¡Cierra el pico! –dijo uno de los hombres–. **¡Y largaos!**

–¿Por qué? –preguntó Dick sentándose al lado de Julián–. **¿Por qué tenemos que irnos?** ¿Es demasiada presión que expertos como nosotros os veamos hacer el ridículo cambiando una rueda? ¡Mira que es fácil!

A Ana no le gustaba nada todo aquello.

–Creo que iré a buscar a Jorge –dijo, y dio
la vuelta a la furgoneta. Entonces echó un
vistazo fugaz en el interior, **¡y vio una
pequeña caja fuerte!**

¡Una caja fuerte! Lanzó una mirada rápida a los dos tipos. Realmente eran una **pareja de aspecto desagradable**. Se acercó a Julián y se sentó a su lado. Tomó una **ramita** y empezó a **escribir distraídamente en la tierra**. Mientras lo hacía, le dio **un codazo**.

    Julián **bajó la vista** y leyó:

Hay una caja fuerte en la furgo.

Una vez que supo que los chicos habían leído el mensaje, Ana se apresuró a **borrarlo con el pie**.

Los tres miraron a los hombres, que ahora intentaban cambiar la rueda. ¡Era obvio que **nunca antes lo habían hecho!** Ana volvió a levantarse para ir a buscar a Jorge, pero Julián la detuvo.

–**No vayas.** Jorge puede haber cambiado de opinión y haberse ido a casa. **Quédate con nosotros, Ana.**

Así que Ana se quedó, con la esperanza de que Jorge apareciera con *Tim.*

¿Por qué tardaba tanto? ¡Sí, probablemente **se había marchado a casa!** ¿Qué iba a hacer Julián? Esperar a que pasara otro coche para detenerlo e informar sobre sus sospechas. ¡Porque **algo olía mal!** Ana estaba segura de que los hombres habían robado la furgoneta y la caja fuerte. ¿Dónde estaba Jorge? Ya había tenido tiempo de sobra para pedir unas tijeras, cortarse el pelo **y alcanzarlos**.

CAPÍTULO SEIS

La pobre Jorge seguía en el armario, con tan poquito espacio que apenas podía moverse. El señor Pails parecía haberse desmayado, pero ella no podía hacer nada. Fue entonces cuando ella oyó **un sonido muy familiar y agradable**.

Eran un pasos ligeros por el pasillo
que conducía a la tienda, y luego un **gañido**.

¡*Tim*!
–¡*Tim*! ¡*Tim*! ¡*Tim*!
¡Estoy aquí, en el armario!

–gritó Jorge.

Tim se acercó y **arañó** el armario, y empezó a **ladrar tan fuerte** que un **joven se detuvo en la calle**. Empujó la puerta que los ladrones habían dejado abierta, entró en la tienda **y vio a *Tim*. El perro, sin dejar de** ladrar, **corrió hacia él y luego otra vez hacia el armario**.

–¿Hay alguien ahí?

–preguntó el joven.

–¡Sí, estamos encerrados en el armario!

–gritó Jorge–. **¡Sáquenos de aquí, por favor!**

El joven se acercó y **abrió el armario**.

Jorge salió tambaleándose y *Tim* se arrojó sobre ella, **lamiéndola de arriba abajo**. El señor Pails ya **había vuelto en sí,** pero estaba tan aterrado que apenas podía reaccionar.

–¡Policía! –repetía–. **¡Policía!**

–Llamaré a **la policía y a un médico** –dijo el joven–. Usted siéntese en esa silla, señor Pails. **Yo me quedaré con usted**.

Jorge salió de la tienda. Después de tanto rato en el armario se sentía mareada.

Tenía que ir a **buscar a los otros** y contarles lo que había pasado y **hacer que regresaran**. ¡No tenía sentido ir a la **cala de Windy esa tarde!**

CAPÍTULO SIETE

Así que ella y *Tim* echaron a correr por el camino de tierra que iba a Windy. ¡Tal vez los otros ya habían llegado a la cala!

¡**Pero no!** Todavía estaban al costado del camino, observando a dos tipos torpes, sudorosos y agobiados que intentaban colocar **una rueda de recambio** después de haber tardado siglos **en quitar la pinchada**.

«Estos tipos no tienen herramientas apropiadas –pensaba Julián, mientras deseaba que llegara Jorge–. **¡*Tim* podría ser de gran ayuda!**»

65

Finalmente **Jorge llegó corriendo, seguida por *Tim***. Estaba pálida y todo indicaba que tenía algo que contarles.

–A que no sabéis lo que me pasó –dijo–. Nos dejaron **encerrados en un armario**, al señor Pails y a mí. **Fueron dos ladrones** que...

De repente vio a los **dos hombres** tratando de cambiar la rueda, y se quedó boquiabierta.

Los señaló y gritó:

–¡Son ellos! Y esa es la furgoneta en la que llegaron. ¿Llevan una caja fuerte dentro?

–Sí –dijo Julián poniéndose de pie–. **Llevan una**. ¿Estás segura, Jorge, de que son ellos?

–¡Claro! ¡Nunca podré olvidarlos! ¡*Tim*, a por ellos! ¡A por ellos, *Tim*!

Tim corrió hacia los dos hombres **ladrando como una fiera** y enseñando todos sus dientes. **Ellos retrocedieron asustados**. Uno levantó una mano, en la que sostenía una herramienta, como si fuera a golpear a *Tim.*

–Si le pegas, te tirará al suelo –le advirtió Jorge seriamente, y el hombre bajó la mano–. ¿Qué hacemos ahora, Julián? Hay que entregar a estos hombres **a la policía**.

–Escuchad, ahí viene un coche –dijo Dick–. **Parémoslo** y **avisemos** de lo que ocurre.

Un coche procedente de la cala de Windy, giró en la curva. Julián le **hizo señas para que parara**. En el coche venían dos hombres.

–¿Qué ocurre? –preguntaron.

Julián se lo explicó en pocas palabras.

Uno de ellos bajó en seguida del coche.

–Se lo contaréis vosotros mismo a la policía –dijo–. **Pongamos la rueda y llevemos a estos hombres de vuelta al pueblo**. Mi amigo conducirá la furgoneta y **el chico** con el perro irá con ellos. ¡Los demás los **seguiremos hasta Kirrin en mi coche hasta la comisaría!**

El plan parecía razonable.

Colocaron la rueda en un plis. Ataron a los hombres y los metieron en la parte trasera de la furgo, junto con *Tim*, **que no dejaba de gruñir**. Jorge se sentó junto al conductor. **Estaba contenta,** **¡pues la habían confundido con un chico!**

En el otro coche viajaban **Julián, Dick y Ana**, la mar de satisfechos.

CAPÍTULO OCHO

¡La llegada al **pueblo de Kirrin** **fue emocionante!** La policía quedó sorprendida y encantada de que les entregaran a **los dos ladrones** atados junto con la **caja fuerte robada.**

El señor Pails **se mostró muy agradecido**. *Tim* estaba apenado porque no le habían permitido darles **un pequeño mordisco** a los ladrones, pero a su vez **muy contento por haber podido rescatar** a su querida **Jorge**.

–**¡Qué aventura!** –dijo la madre de Jorge cuando le contaron lo ocurrido–. **Así que al final no habéis ido a la cala de Windy. ¡Podéis ir mañana!**

–**Yo no puedo** –dijo Jorge.

–**Pero ¿por qué?** –preguntó su madre sorprendida.

–**¡Porque mañana tengo que cortarme el pelo!** –explicó Jorge–. **¡Y esta vez me cuidaré de que no me encierren en un armario!**

Si te han gustado estas historias cortas
de Los Cinco, encontrarás mucha más acción
y aventuras en las novelas completas de Los Cinco.
Esta es la lista de los veintiún títulos: